Egon Hohn

Sprüche und Meer

Egon Hohn

Sprüche und Meer

für alle Lebensstürme

Isensee Verlag Oldenburg

Ulmenweg 23
26452 Sande

Bibliografische Information Der Deutschen Bibliothek

Die Deutsche Bibliothek verzeichnet diese Publikation in der Deutschen Nationalbibliografie; detaillierte bibliografische Daten sind im Internet über <http://dnd.ddb.de> abrufbar.

ISBN 978-3-89995-696-2

Gedruckt bei Isensee in Oldenburg

Glaube:
Heute kommt mein Tag – Er wird´s!

INHALT

ALLTAGSLEBEN

Höflichkeit macht Türen weit.

Aller Untaten Gegner
ist die Zeit.

Unauffälligkeit ist auf Dauer
am Auffälligsten.

CAUTION
UNDERWATER CABLE
NO ANCHORING

Die höchsten Berge
stehen im hellsten Licht.

Wer verzeihen und noch lächeln kann,
ist ein unschlagbarer Mann.

Das am lautesten schreiende Baby
bekommt die Flasche zuerst.

Vorm Thron ist man sensibler
als drauf.

Sprüche sind verkürzte Philosophie.

Planen ist leicht,
ausführen schwer.

Erfahre möglichst alles direkt,
Bücher sind stets ein Umweg.

Je grösser Dein Sicherheitsbedürfnis,
desto sklavischer Dein Leben.

Die schärfste Klinge
wird am schnellsten stumpf.

Triebe werden abstudiert,
alternd wieder ausgeführt.

SIND DEINE VORURTEILE FEST,
VERLASSE GAR NICHT ERST DEIN NEST.

VIEL MITLEID -
VIEL MENSCH.

STUDIEREN HEISST: NATÜRLICHE INSTINKTE
GEGEN ABSTRAKTE INFORMATIONEN EINTAUSCHEN.

Jeder Tag wird von der nächsten Nacht
und von den Gewohnheiten ermordet.

Stolz ist ein verdrängter
Minderwertigkeitskomplex.

Wissen tötet
Intuition.

Was laut geschieht
ist meistens ungefährlich.

Deine Taten überleben Dich.

Einem Absturz
geht oft Überheblichkeit voraus.

Seriosität ist oft nur ein
Abgestumpftsein.

Jeder will 'nen schönen Garten,
keiner sieht den blanken Spaten.

Das bringt Hochleister in Rage:
Schauspielerei bringt höhere Gage.

Tüchtigkeit heisst heute,
er hat sich total auf ein Gebiet beschränkt.

„Du musst"
zerstört oft ein
„Ich will".

Nach Regen und Schicksalsschlägen
sieht man klarer.

Spezialisten sind untereinander gleichwertig.

„Honorigkeit" heisst oft:
Er wurde nie erwischt.

Beim Urlaub im Ausland merkt man
die Unsinnigkeit der Kriege.

Ein grosses Schimpfwort ist: „kleinkariert".

Der Mensch ist nur im Weinen
und Lachen ganz ehrlich.

Ein guter Richter
hat bei jedem Urteil Zweifel.

Je mehr Gesetze ein Staat benötigt,
desto geringer seine Lebensqualität.

Ein Spezialist hält den Tümpel vorm Haus
für den Ozean.

Viele Hobbys enden als
Kunst oder Wissenschaft.

Wer über alles eine Meinung hat,
ist oberflächlich.

Jede Generation hält ihr Weltbild für richtig,
dabei ist es so falsch wie alle zuvor.

Mit dem Ruhm
endet meist auch die Leistung.

Dinge, die unsere Sinnesorgane nicht melden,
sind oft die gefährlichsten.

Pflichten sind Gedankenmörder.

Ausgesprochene Probleme sind halb gelöst.

Wer seine eigenen Leistungen aufzählt,
hat es nötig.

Politikverdrossenheit:
Jedermann hat erkannt,
dass er von Jedermännern regiert wird.

Wo das Wasser schäumt, ist es flach.

Tolerante Völker
hatten oft eine hohe Kultur.

Weil Schulen lediglich Wiederkäuen werten,
ist kein Grosser in der Jugend aufgefallen.

Dass Dummheit nicht als Krankheit gilt,
liegt an der Dummheit der Dummen.

Erfahrungen sammeln
heisst oft: Ideale abbauen.

Denken heisst: Erlebtes neu ordnen.

Fusionen und Pensionen
sind Geschwister.

Einmal ist keinmal,
zweimal bereits vielmal.

Viele verwechseln Denken mit Wiederkäuen.

Halte Dich für Durchschnitt,
Du liegst meist richtig.

„Ich habe es gut gemeint",
sagen alle Gescheiterten.

Urteile selten -
und wenn, nur nach dem zweiten Eindruck.

Nur wer klar erklären kann,
hat wirklich verstanden.

Singt nur eine Stimme schlecht,
kommt der Chor nicht mehr zurecht.

Wahre Weisheit gilt alle Zeit.

Heute war ein normaler Tag?
Dann war's ein verschenkter Tag.

Deine Vorteile werden, ungebremst,
zu Nachteilen.

Dein Wille ist Dein Egoismus.

Jedes Deiner Urteile
beinhaltet Deinen Blickwinkel.

Was Dich ärgert, verrät Dich.

Triff mit 30 Deine Entscheidungen
wie ein 60-Jähriger,
mit 60 wie ein 30-Jähriger.

Das Recht „würdig zu leben" ist verbrieft -
Das Recht auf einen „würdigen Tod" nicht.

Je mehr einer weiss,
desto schwerer urteilt er.

Eine schroffe Wahrheit ist oft erträglicher
als eine elegante Lüge.

Wer die Wahrheit kennt,
kann am besten lügen.

Beim Aufstieg
wird die Luft immer dünner.

Fernsehen und Reisen
haben die Menschen gleicher gemacht
als alle Verfassungen.

Gelungenes sieht man als Eigenleistung,
Misserfolg oft als Fremdverschulden.

Es gibt nur ein „Schuldig-werden":
Wider besseren Wissens.

Die Auslese zum Verstand war erfolgreicher
als zur Grösse oder Schnelligkeit.

Er war so ärgerlich,
dass er sich über seinen Ärger ärgerte.

Anlageberater sind wie Spielautomaten:
Es gewinnt stets die Bank.

ZWEI HABEN ZWAR DIE DOPPELTE KRAFT,
ABER NICHT DEN DOPPELTEN GEIST.

Schlimmer als Misserfolg ist
Anfangserfolg.

Im Süden gilt Arbeit als unfein,
im Norden als Ablenkung vom Wetter.

Der Wissenschaftler macht den Alltag leichter,
der Philosoph sinnvoller.

Wenn Dich nur
Dein nächstes Umfeld interessiert,
bist Du alt.

Mit 30 ist man alt genug,
lass dann nur noch Deinen Körper altern.

Mit 40 bist Du für die Alten jugendlich,
für die Jugendlichen alt,
also vielleicht genau richtig.

Klirrende Ketten sind nicht die gefährlichsten.

Wirtschaftswissenschaft erklärt im Nachhinein,
Naturwissenschaft im Voraus.

Von guten Ehen oder Schiedsrichtern
merkt man nichts.

Kindererziehung
ist dem Programmieren ähnlich.

In der Jugend kriecht,
im Alter fliegt die Zeit.

Du bist mit einer Kartoffel mehr verwandt
als mit Deinem Auto.

Der Augenblick kann fehlerhaft scheinen,
die Zeit korrigiert vieles.

Alte Leute haben alle Erfahrungen –
bis auf die, alt zu sein.

BEZIEHUNGEN

Lässt man Gefühlen freien Lauf,
hört das Zusammenleben auf.

Beziehungen haben stets etwas mit
Gegenleistungen zu tun.

Wer sich oben nicht halten kann,
tritt oft nach unten.

Ein gutmütiger Mensch
adelt seine Umwelt.

Baue nicht auf anderer Mitleid,
denn das hält nicht lange Zeit.

Messe niemals dein Geschick
an vermeindlich anderer Glück.

Macht basiert auf der Angst aller anderen.

Wer denunziert: verliert.

Deine Erfolge
beleidigen alle anderen.

Verdränge Deine Niederlagen nicht,
alle anderen erinnern sich sowieso.

Um Selbsthass zu meiden,
liebt der Knecht den Herrn oft wirklich.

Je mehr Bindungen,
desto oberflächlicher die Einzelne.

Der Neider leidet doppelt:
am eigenen Unglück und am fremden Glück.

Je gerechter, desto komplizierter.

Gesetze sollen den Schwachen schützen,
ihn aber nicht zum Schwächling machen.

Menschen ändern Gesetze,
aber Gesetze ändern nicht Menschen.

Solange Du schweigst glaubt jeder,
Du teilst seine Meinung.

Wisse, Du bist heiter, traurig, usw.,
aber nie objektiv.

Schadenfreude
ist der Trost der Unzufriedenen.

Schicksale drehen sich schnell im Leben,
drum ist Neid auf jemand oft vergebens.

Andere zu beurteilen
ist leichter als sich selbst.

Unsere Gesetze strafen Körperschädigungen,
Seelenqualen weniger.

Zwei können sich geistig und seelisch
ergänzen, ab drei blockiert man sich.

Wenn Du Dich nicht beherrscht,
tun dies andere.

Mit dem zweiten Menschen
wurde die Zwietracht geboren.

Es ist leichter,
eine Gruppe von Menschen zu überzeugen,
als einen einzelnen.

Die sicherste Form der Unbeliebtheit heisst:
Erfolg.

Tu was Du willst,
Du wirst doch überboten.

GESTAFFELTE VERANTWORTUNG UND TEAMWORK
SCHLIESSEN SICH OFT AUS.

DAMIT KEIN EINZELNER UNRECHT ERLEIDE,
MÜSSEN ALLE MIT VORSCHRIFTEN GEQUÄLT WERDEN.

JE ENGER MENSCHEN ZUSAMMENWACHSEN,
DESTO UNMENSCHLICHER WIRD DER EINZELNE.

Da nicht zwei Menschen gleich fühlen,
hat keiner jemals komplett verstanden.

Wo viele Beifall klatschen –
ist meistens Mittelmass.

Die meisten verteidigen eine Ehre,
die andere ihnen gar nicht zollen.

Meldungen von unten nach oben
sind oft geschönt.

Wenn einer viel und laut spricht,
hat er oft wenig zu sagen.

Er ist korrekt,
heisst immer auch,
er ist etwas unmenschlich.

Wer Abneigung sät,
wird Hass ernten.

SAGE JEMANDEM: „DAS IST SCHÖN“,
ER WIRD ES OFT ANDERS EMPFINDEN;
DAS GILT AUCH UMGEKEHRT.

Wer nicht handelt,
wird behandelt.

Wenn Dich alle mögen,
bist Du gescheitert.

„Er kann mit jedem", heisst meistens:
jeder kann auch ohne ihn.

Ein Gespräch,
das nicht erheitert oder klüger macht,
halte kurz.

Der Zuhörende versteht den Redenden
viel weniger als dieser hofft.

Die nichts machen, sagen am häufigsten,
dass die anderen alles falsch machen.

Nichts macht gleichberechtigter
als der alltägliche Straßenverkehr.

Wer wechselnde Freunde hatte,
misstraut auch den gegenwärtigen.

Die in Talar und Robe haben oft
mehr zur Macht als zur Wahrheit gehalten.

Wer gern sich im Gedränge sieht,
oft vor eigener Leere flieht.

DER VERLEUMDETE IST STETS GRÖSSER
ALS DER VERLEUMDER.

WER ABSOLUTE SÄTZE SPRICHT,
AUF DEN HÖRE BESSER NICHT.

„ER IST IN ALLER MUNDE", HEISST,
BALD SPUCKEN IHN ALLE AUS.

Je weniger Du urteilst,
desto besser wirst Du beurteilt.

Er ist ein guter Taktiker, oder besser,
er lügt modern.

Wer sich zu laut bewirbt,
der stirbt.

„Ich werde mich ändern",
dieses Versprechen ist schwer zu halten.

Eine klare Absage ist besser
als ein vages Hoffen.

Sei so menschlich wie möglich,
so korrekt wie nötig.

Erst am Ende siehst Du klar,
wer im Leben mit Dir war.

Je näher man Dich kennt,
desto weniger traut man Dir zu.

Je selbstkritischer
desto wertvoller.

Ein Zorniger ist stets unterlegen.

Er hatte stets ein gutes Gewissen,
weil er es so dehnte,
dass alle Untaten reinpassten.

Stimmungen übertragen sich -
drum geh' mit Negativen nicht!

GLÜCK

Zieh von Deinem Tun die Pflichten ab,
der Rest bist Du selbst.

Es mag alles falsch sein,
aber lachen ist bestimmt richtig.

Selten hast Du „verdienten Erfolg"
in den Augen Deiner Mitmenschen,
bestenfalls hast Du „eben Glück gehabt".

Solange Schweiss und Erfolg Geschwister sind,
ist diese Welt gar nicht so ungerecht.

Schweigendes Zuhören ist ein
Lob für den Redner.

Nur wer über sich selbst lachen kann,
ist ernst zu nehmen.

Nicht Höhe macht glücklich,
sondern Aufstieg.

Wenn Bauch und Verstand ihr "Ja-Wort" geben,
erwartet Dich ein leichteres Leben.

Wage etwas,
Du lernst Dich selber kennen.

Ehrlichkeit macht frei.

Deine Schicksalsentscheidungen
fallen in wenigen Augenblicken.

Ohne Vorfreude
keine glückliche Gegenwart.

Zum Glücklichsein gehört
die Anerkennung von mindestens einem Anderen.

Schau nicht nur aufs Aussehen,
sonst hast Du bald das Nachsehen.

Wer die Wahrheit versteckt,
endet im Dreck.

Macht hat man nur zeitweise
und stets weniger als man denkt.

Mit deinem Verhalten
kannst du dein Schicksal gestalten.

EHE DU NICHT MUSST,
WEISST DU GAR NICHT, WAS DU KANNST.

WEISE IST,
WER AUS ERLEBTEM RICHTIG
AUF DAS ZU ERLEBENDE SCHLIESST.

ENTSCHEIDE DICH NIE EHER
BEVOR DU MUSST.

Hartes Holz braucht seine Zeit,
wie alte Freundschaft, die reicht weit.

LIEBE

Im ganzen Weltgetriebe
zählt letztlich nur die Liebe.

Das Ausnutzen einer Liebe ist eine Untat.

Wo keine Liebe,
dort keine Leistung.

Verstehen kann ich alles,
verzeihen leider nicht.

Nur die entfesselte Seele
kann letztlich fesseln.

Liebe macht blind - Hass noch blinder.

Die lockersten Zügel
verraten die festesten Bindungen.

Hübsch und hässlich
passen immer noch besser zusammen
als arm und reich.

Das beste Brikett zur Entfachung von
Gegenliebe ist – Liebe.

Nur Gefühle können
letztlich motivieren.

300
320
NW
W
N

In Deinem Blick
liegt Dein Geschick.

Was lange währt,
war nie extrem.

Alle Liebeshändel sind ernst zu nehmen -
sie sind Grundlage der nächsten Generation.

Wahre liebe ist stärker
als Egoismus.

In der engsten Nähe
tut es am meisten wehe.

Wird eine Liebe grob verschmäht,
es lange noch im Kopf rumgeht.

Erwiderst du eine Liebe nicht,
beim andern eine Welt zerbricht.

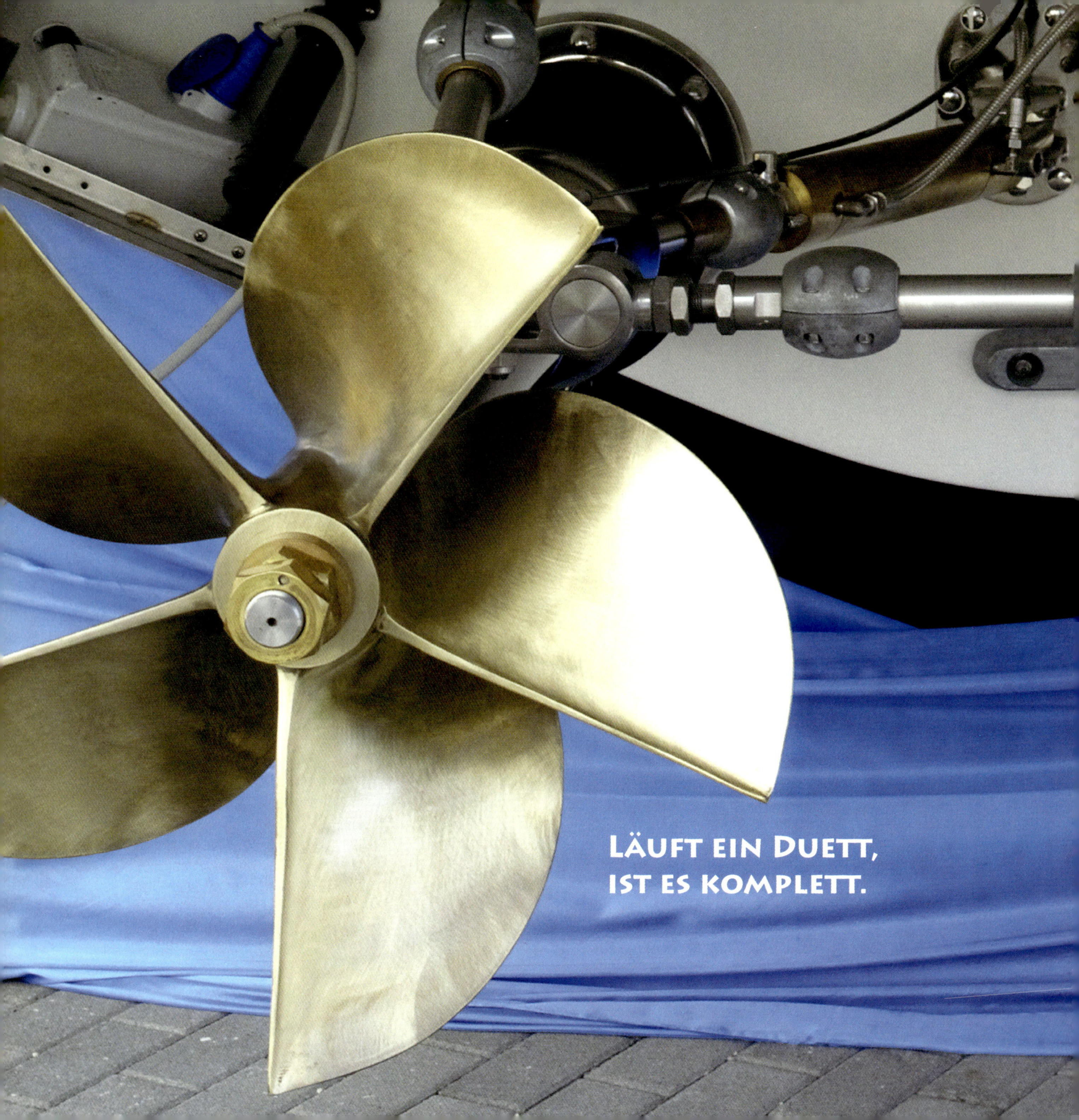

Läuft ein Duett,
ist es komplett.

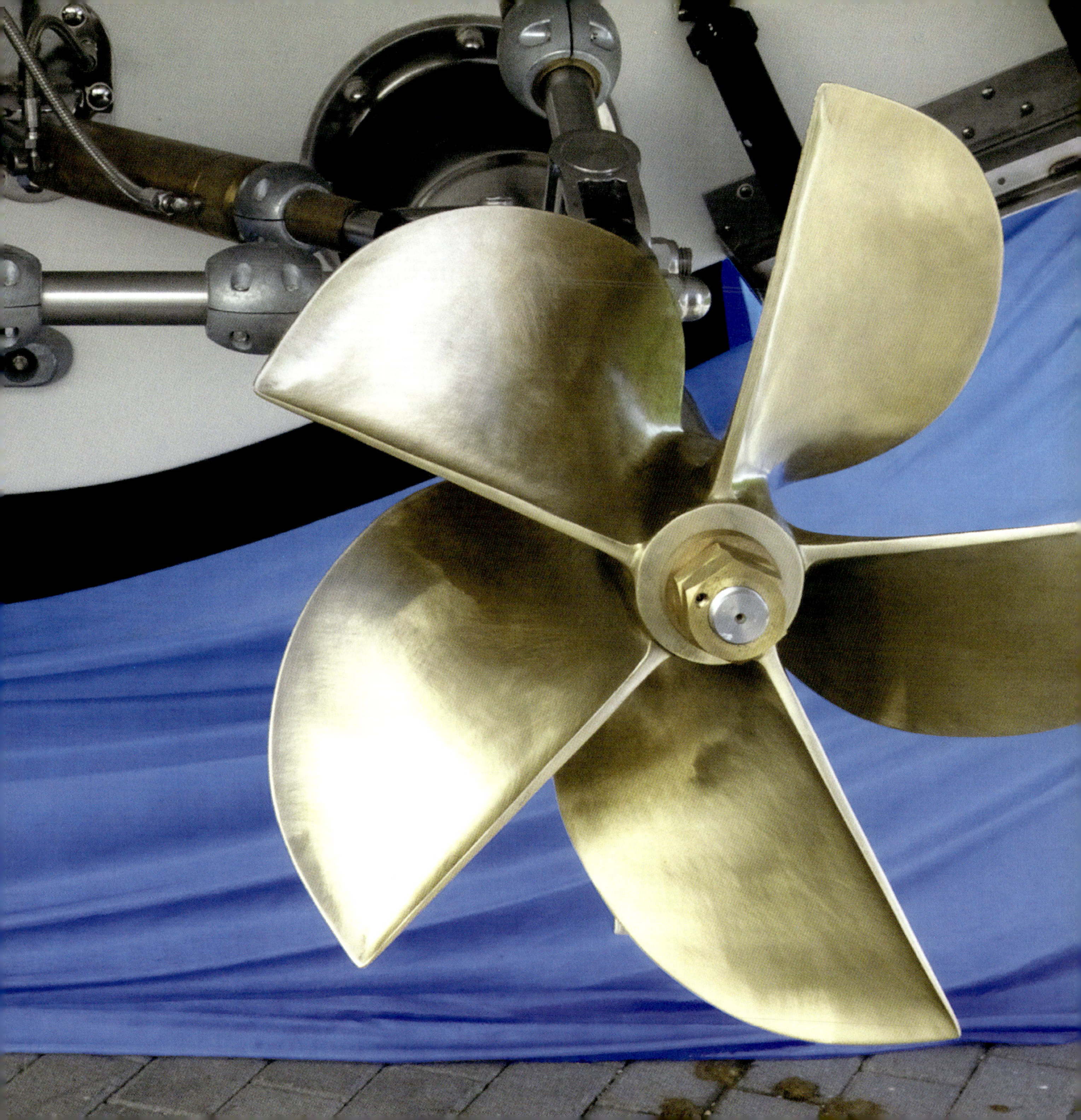

RELIGION

Die offene Hauptfrage:
Warum das alles?

Wüsstest Du Deinen Tod,
wärst Du schnell in Not.

Der Tod ist Dir gewiss,
warum wagst Du nicht mehr?

Durch Messen und Wiegen entdecken wir das „Wie“;
das „Warum“ entschleiern wir so nie.

Alles läuft nach dem Schema:
Das Bessere überlebt!

Da nichts ohne Ursache geschieht,
nutzt Gott keine Augenblicksmacht.

Wer sich aufs Sterben freut,
braucht eine Religion.

Dass Diamant und Kohle gleichen Stoffes sind,
zeigt wie unsere Sinne blind.

Wenn der Zufall göttlich ist,
ist das Leben Schöpfung.

Wüsstest Du Dein Schicksal,
Du wärst von Stund' an unglücklich.

Pläne sind Menschenwerk,
die Natur kennt höchstens Wahrscheinlichkeiten.

Das Leben ist Dein Bild,
vom Himmel bekommst Du nur den Rahmen.

Das grösste Problem:
Wann müssen wir gehen?

DER MENSCH IM ALL
ERSCHEINT SINNLOS,
DAS ALL OHNE MENSCHEN
ERST RECHT.

ALLE VERSICHERUNGEN
SOLLEN DIE LEBENSANGST MILDERN.

Die Art zu steigern,
ist der Generaltrieb der Natur.

Alle kosmischen Möglichkeiten müssen
schon dem kleinsten Teilchen innewohnen.

Alles Lebende
kämpft gegen seinen letzten Augenblick.

Jede Religion braucht ihre Jünger.

Was brauchen wir Gott?
Tagsüber haben wir den Tarifvertrag
und abends das Fernsehen.

Die Mutter aller Triebe heisst:
Egoismus.

Da unsere Sinne Umweltprodukte sind,
fehlt uns jede Objektivität.

Überall fliesst Dein Weltbild ein,
drum kann keiner des anderen Richter sein.

Alles Grosse ist seiner durchschnittlichen
Umwelt unheimlich.

Das Ende Deiner Wünsche
muss Dir von aussen gesetzt werden.

Je mehr Du zweifelst,
desto mehr Mensch bist Du.

Jede Tat ist erklärbar aus
Abstammung und Umfeld eines Menschen,
folglich ist eigentlich jeder unschuldig.

Bessere Ausbildung - bessere Moral?
Das ist ein Irrtum.

Eine von den grössten Gnaden:
Im Alter klaren Kopf zu haben.

Wie viele Religionen wurden erdacht,
um das Wort „Zufall" zu vermeiden.

Philosophie ist der Versuch,
um alles einen Kreis zu ziehen.

WOHLSTAND

Der beste Beweis:
Erfolg!

Lasse Dir nie Ideale für Geld abkaufen,
Du leihst es billiger.

„Geld ist nicht wichtig",
sagen Leute, die genug haben.

Eine Gesellschaft,
die nur dem Reichtum Achtung schenkt,
ist von kurzer Lebensdauer.

Unsere Unzulänglichkeiten
treiben alle Erfindungen.

Die meisten Fehler
macht man im Erfolg.

DIE MASSE HILFT DEM ERFOLGREICHSTEN.

Weltmacht
war stets Geldmacht.

Wenn allen das Gleiche zusteht,
wird der Faulste zur Norm.

Wenn einer viel Gewinn verspricht -
auf den höre besser nicht.

FREE

Prüf genau, ob es Dir hold,
denn Messing glänzt oft mehr als Gold.

Grosse Getue -
oft nichts in der Truhe.

Die Pioniere machen die Arbeit,
die Nachhut das Geld.

Nur guter Boden
trägt gute Früchte.

Mit dem Wohlstand wächst der Neid.

Mit dem „haben können"
hört oft das „haben wollen" auf.

Je kritikfähiger,
desto erfolgreicher.

Wissen ist Macht,
doch Geld hat es stets weiter gebracht.

Unzufriedenheit treibt -
Zufriedenheit bleibt.

Sicherheit macht träge.

Er ist ein Lebenskünstler,
nein, ein Superchamäleon.

WER NICHT FRÜH VOR GELD DUCKT,
DEN DUCKT SPÄTER DAS GELD.

EIN STAAT, DER SOZIALES VOR LEISTUNG
STELLT, VERLIERT BEIDES.

WAR ES EIN GUTES ELTERNHAUS,
ZAHLT ES SICH IM LEBEN AUS.

Erfolg hat oft den Preis
der Einsamkeit.

Alle sind gerne Kapitalisten,
verhinderte nennen sich Kommunisten.

Chef-Lob muss klimpern.

Wenn alles nur verwaltet,
wird leider nichts gestaltet.

Ersetze die Worte
„Ich werde"
durch
„Ich habe".

Das Ziel, alle gleich zu machen,
hatte stets das Ergebnis,
dass alle gleich arm wurden.

Erbschaften und Leistungsgesellschaft
widersprechen sich.

Ein sattes Tier gibt Ruhe,
der Mensch nicht.

Mit krummem Buckel hat man vielleicht
sein Auskommen, aber mehr auch nicht.

Wo Veranlagung und Erziehung sich addieren,
wächst oft Grosses.

Wo kein Gegner,
da kein Fortschritt.

Du kommst sehr weit
durch Nutz' der Zeit.

Fördern der nächsten generation,
bringt den allergrössten Lohn.

Der erste Fehler ist oft der Kleinere.

In der ersten Lebenshälfte boxt man
gegen die Etablierten,
in der Zweiten gegen die Emporkömmlinge.

ZUFRIEDENHEIT

Verzichten kann ich,
kriechen nicht.

Dass „gehabte Sorgen" kleiner aussehen,
liegt daran, dass Du die heutigen
zu gross siehst.

Nicht was Du angefangen,
sondern was Du durchgehalten hast,
macht Dich aus.

Das mir Unheimlichste:
Die mir möglichen Möglichkeiten.

Nutze Deine Rechte nie aus,
dann behältst Du sie länger.

GUCK RÜCKWÄRTS WIE ES WAR,
DANN WEISST DU WIE ES WIRD.

Da keiner den richtigen Weg kennt,
kann sich jeder einbilden, er ginge ihn.

Je einfacher die Machart,
desto leichter das Zusammenleben.

Das Gefühl der Zufriedenheit
ist nicht steigerungsfähig.

Steht Enttäuschung dir ins Haus -
zu grosse Hoffnung ging voraus.

Heimat ist dort,
wo fast jeder grüsst.

Wenn Du Dich über das morgen Kommende
mehr freust, als über das gestern Gehabte,
lebst Du richtig.

Lebenskraft ist Zukunftsoptimismus.

LIEBER VERLEBT AUSSEHEN,
ALS NICHTS ERLEBT HABEN.

Nur wer sich selbst
durchleuchtet hat,
kann in andere Seelen schauen.

Niederlagen eingestehen –
bewirkt ein schnelleres Weitergehen.

„Ich" und „Pflicht" sind zwei.

Wer seine Schwächen kennt, ist stark.

Wenn jedes Ding zwei Seiten hat,
betrachte doch die schönere.

Deine Meinung
ist nur eine Meinung.

Ein Erfolgsgeheimnis:
Nichts zu verdrängen.

Wissen ist Macht,
viel Wissen oft Ohnmacht.

Vernunft ist die Einsicht,
jetzt Unbill zwecks späterer Vorteile
in Kauf zu nehmen.

Wer aus Fehlern lernt,
macht immer weniger.

ZUFRIEDEN ZU SEIN, HEISST,
ES SCHLIMMER ERWARTET ZU HABEN.

GROSSE PLÄNE MACHEN DIE
ALLTAGSSORGEN ERTRÄGLICHER.

WOHER, WARUM, WOHIN,
NUR DER AUGENBLICK MACHT SINN.

WAS GUT IST,
VERSUCHE BITTE NICHT ZU STEIGERN.

Alt ist,
wer es morgen schlechter erwartet.

Alles altert - Dein Verstand
könnte eine Ausnahme sein.

Älter werden ist nicht schön! -
Noch schlechter: Man muss früher geh'n!

Die Niederlagen der anderen
machen die eigenen erträglicher.

Macht, die man voll nutzt,
vergeht schnell.

Prüfe vor jeder Handlung,
ob sie wirklich nötig ist.

Gehe Deinen Weg,
denn es sind Deine Füsse,
die die Steine meistern müssen.

Jeder hält sein Weltbild für richtig
und empfindet ungebetene Ratschläge
als Kritik.

Die Langeweile ist ein
Produkt der Ordnung.

Wer alles hundertprozentig machen will,
nimmt seine erste Arbeit mit ins Grab.

Nur wer mal überfordert war,
kennt seine Grenzen.

Anderer Standort,
andere Meinung.

Tausche Deine Vorurteile
gegen Nachurteile,
Du kennst die Welt nicht wieder.

Sieh Dich wichtig,
und Du bist zufrieden.

Es ist besser,
falsch zu glauben,
als an nichts zu glauben.

Lass von vergangenen Problemen
Dir keine Zukunftschancen nehmen.

Pessimisten sehen Probleme,
Optimisten deren Lösungen.

Harte Zeiten vergehen, starke Menschen bestehen.

Bildnachweis

Cover	©Stockphoto.com/mlor/5157697
Seite 2	©Stockphoto.com/travelif/2576499
Seite 6	©Stockphoto.com/DeanBirinyi/2751800
Seite 9	©Stockphoto.com/Maudib/4030628
Seite 11	©Stockphoto.com/Marcopolo9442/1119962
Seite 12/13	©Stockphoto.com/filo/5143769
Seite 16/17	©Stockphoto.com/m-1975/3664365
Seite 20/21	©Stockphoto.com/lfistand/5274860
Seite 23	©Stockphoto.com/danace2000/1384003
Seite 26	©Stockphoto.com/bradleym/2697896
Seite 28	©Stockphoto.com/robeo/7055034
Seite 30/31	©Stockphoto.com/KarenMassier/7504070
Seite 35	©Stockphoto.com/mrbfaust/8909047
Seite 36/37	©Stockphoto.com/Ljupco/6462273
Seite 40/41	©Stockphoto.com/mkirstein/6691596
Seite 44/45	©Stockphoto.com/Bim/1582887
Seite 47	©Stockphoto.com/mrdaz/3114852
Seite 50	©Stockphoto.com/VisionsbyAtlee/4428261
Seite 53	©Stockphoto.com/dan_prat/4727101
Seite 56/57	©Stockphoto.com/khr128/615491
Seite 59	©Stockphoto.com/anitaCM/6329791
Seite 60/61	©Stockphoto.com/vbice/110383
Seite 63	©Stockphoto.com/Westhoff/2701159
Seite 66/67	©Stockphoto.com/shaunl/1508917
Seite 70	©Stockphoto.com/cronopios/1193777
Seite 74/75	©Stockphoto.com/Fitzer/4476267
Seite 77	©Stockphoto.com/Blackbeck/1931544
Seite 80	©Stockphoto.com/ymgerman/7517733
Seite 82/83	©Stockphoto.com/dlugoska/7728743
Seite 86	©Stockphoto.com/Colette6/11091083
Seite 88/89	©Stockphoto.com/AVTG/9960260
Seite 91	©Stockphoto.com/niknikon/3622885
Seite 94/95	©Stockphoto.com/ab1126/1306009
Seite 99	©Stockphoto.com/Blackbeck/1931571

Seite 102	©Stockphoto.com/thopson/133455
Seite 104/105	©Stockphoto.com/greatpapa/9420309
Seite 108/109	©Stockphoto.com/shaunl/1537626
Seite 113	©Stockphoto.com/kiko1000/3478059
Seite 115	©Stockphoto.com/dpenn/5227370
Seite 118	©Stockphoto.com/Fitzer/4547743
Seite 120/121	©Stockphoto.com/DNY59/676612
Seite 124/125	©Stockphoto.com/image_of_life/3123629
Seite 127	©Stockphoto.com/acilo/6872320
Seite 129	©Stockphoto.com/toshkaanvi/4332236
Seite 133	©Stockphoto.com/rgbspace/4999400
Seite 134	©Stockphoto.com/Freezingtime/3108586
Seite 138/139	©Stockphoto.com/crazycroat/903797
Seite 142/143	©Stockphoto.com/Spanishalex/9843612
Seite 145	©Stockphoto.com/Lighthousebay/7713501
Seite 148	©Stockphoto.com/raclro/9061114
Seite 150/151	©Stockphoto.com/grandriver/9625680
Seite 153	©Stockphoto.com/bessy/8131934
Seite 154	©Stockphoto.com/ekash/3712912
Seite 158/159	©Stockphoto.com/asist/572748
Seite 162/163	©Stockphoto.com/igmarx/4088753
Seite 165	©Stockphoto.com/DougSchneiderPhoto/7698745
Seite 166	©Stockphoto.com/gkuchera/8525134
Seite 169	©Stockphoto.com/image360/8963762
Seite 172/173	©Stockphoto.com/MichaelUtech/12331656
Seite 174	©Stockphoto.com/JGRLCR/2040558
Seite 177	©Stockphoto.com/wbritten/5872053
Seite 178	©Stockphoto.com/floridastock/8134803
Seite 183	©Stockphoto.com/northlightimages/8600313
Seite 186/187	©Stockphoto.com/Blackbeck/2374611
Seite 190	©Stockphoto.com/gustyx/5734953
Seite 192/193	©Stockphoto.com/mlor/5157697
Foto S. 196	Silke Dorow, Jever
Rückseite Cover	©Stockphoto.com/AccesscodeHFM/2859109

Der Autor ist Diplom-Ingenieur und führt seit 40 Jahren ein Ingenieurbüro für Baustatik in Jever. Er ist verheiratet und hat zwei erwachsene Kinder.

Die Sprüche sind über einen Zeitraum von 30 Jahren gesammelt; häufig ist bei besonderen Ereignissen ein Spruch entstanden. Über die langen Jahre wurden es mehr als 300 eigene Lebensurteile.
Der ehemalige jeversche Stadtdirektor Ingo Hashagen ermutigte den Autor, die Sprüche zu ordnen und ein kleines Buch daraus zu machen.
Mit passenden Bildern unterlegt, könnte vielleicht dieser oder jener Leser ins Schmunzeln kommen. Als Küstenbewohner war es naheliegend, maritime Motive zu wählen.

Der Autor würde sich sehr freuen, wenn der Leser bei einigen der Sprüche sagen könnte, das sehe ich auch so.